# L'ART
## DE REGNER,
### *POËME:*

Présenté au concours des Jeux Floraux
de Toulouse, en l'année 1773.

*Par M. Le Feb. Baron de S. * * *.*

---

Il n'est pas Roi, mon fils, mais il enseigne à l'être.
M. DE VOLTAIRE, *Henriade, Chant VII.*

---

# À LAUSANNE,

*Et se trouve à PARIS*

Chez D'HOURY, Imprimeur-Lib. de Mgr. le Duc
D'ORLÉANS, rue de la Vieille-Bouclerie.

---

## 1773.

# CE QU'IL FAUT LIRE.

Un certain Médecin Portugais, piqué
de n'avoir point remporté le Prix proposé
par une Académie de France, proclama
qu'il ne s'avouerait vaincu, qu'après
qu'on aurait publié le morceau couronné,
& que le Public en aurait décidé. Ce n'est
point à son exemple que je fais imprimer
cet Ouvrage : j'avoue, de bonne foi, que
je suis bien condamné ; Messieurs les
Toulousains ont trop fait leurs preuves en
tous tems & en tous genres, & de jus-
tice & de justesse, pour vouloir appeler
de leurs jugemens. Les Registres de leur
célébre Musée ne sont-ils pas remplis
& illustrés par les Odes de Baif, de Ron-
sard & de Lamotte Houdard ? Je déclare
donc ici ne point envier la gloire de
Messieurs l'Abbé Boscus & Touloubre

mes Concurrens couronnés. Je faifis même avec empreffement l'occafion de rapporter de légers fragmens de leurs Ouvrages, que nous a tranfmis un de nos Journaliftes. Je fuis fâché que leurs Pièces, fi elles font imprimées, ne foient pas parvenues jufqu'à moi, pour en multiplier les exemplaires par une nouvelle édition & faire part au Public de deux chef-d'œuvres Languedociens. Mais, à ce défaut, on pourra juger du ftyle & des beautés de ces Poëtes par deux morceaux, inférés dans le fecond volume du Mercure de France du mois de Juillet, & envoyés par M. le Secrétaire de l'Académie, qui fans doute n'a pas choifi les plus faibles de leurs Ouvrages. Nous allons commencer par l'Épître fur *le bonheur du Philofophe*, de M. l'Abbé B o s c u s.

Q u o i ! Ce mortel dont la courfe paifible
Ne fut jamais *expofée* aux remords,
Et dont le cœur généreux & fenfible
A l'indigent prodigua fes tréfors,

D'un plaifir pur ne goute point les charmes ? &c.

. . . . . . . . .

Lorfque le fage, au gré de fon génie,
Peut s'élever & planer dans les cieux,
De l'univers admirer l'harmonie,
Et les beautés qu'elle étale à fes yeux ;
Des corps divers mefurer la diftance,
Les rapprocher, les comparer entr'eux,
Ne fent-il pas le prix de l'exiftence ?

. . . . . . . . .

Je te bénis, *principe de tout être,*
Toi, *qui des maux fais éclore les biens,*
Pour être heureux ta bonté me fit naître
Et tu daignas m'en offrir les moyens.
Eh ! *que feroient les plaifirs fans les peines ?*
Ce malheureux dont on brife les chaînes,
Avec plaifir fe voit en liberté.
Le plus beau jour naît du fein de l'orage ;
Par les revers, la fortune volage
Prépare l'homme à la félicité.

On peut voir combien ces vers font
aifés & coulans : le ftyle en eft fimple
& pourtant il eft riche, les penfées font
vraies, choifies & dignes du fujet traité.
Cependant M. l'Abbé Bofcus me per-
mettra de lui repréfenter que la chaleur
de la compofition l'a emporté un peu trop

loin, & lui a laiſſé échapper une expreſſion
fauſſe. *Une courſe* ne peut être *expoſée*
*aux remords*, puiſque la courſe n'a point
de ſentiment ; tout au plus, elle expo-
ſerait aux remords. Plus loin, il dit
que *le principe de tout être des maux fait*
*éclore les biens :* M. Boſcus a confondu
le mal avec le malheur ; on peut bien
dire que Dieu fera naître le bien du ſein
de nos malheurs, mais ſûrement Dieu
ne prendra jamais le mal proprement dit
pour le principe du bien dont il ſera
l'auteur, puiſque le mal lui eſt abſolu-
ment étranger & contraire à ſa bonté
infinie. Cette réflexion ne peut cependant porter atteinte à la théologie de
M. l'Abbé Boſcus : il ne voulait que
refaire ce vers d'un de nos Poëtes :

L'infortune ſouvent nous conduit au bonheur.

Et cinq vers plus bas, il traveſtit la
même penſée en ſens figuré :

Le plus beau jour naît du ſein de l'orage.

On ne peut conteſter que ce vers vaut

bien mieux que celui *Toi qui des maux fais éclore les biens.* Un autre de ſes vers préſente encore, à peu près, une idée ( abſtraction faite du ſens métaphorique ) que l'on trouve dans un Recueil de Poëſie imprimé à Avignon, chez Garrigan, en 1771. Voici celui de M. l'Abbé Boſcus :

Eh ! que ſeroient les plaiſirs ſans les peines ?

Et le vers que je me rappelle :

Souviens-toi qu'il n'eſt point de roſes ſans épines.

Sûrement ce dernier l'emporte ſur le premier, qui n'eſt nullement poëtique. Je n'ai fait ces remarques légeres, que parce que je crois qu'il faut être neuf ou ſupérieur aux autres dans de pareils morceaux. D'ailleurs, on ne peut nier les beautés vraiment précieuſes qui ſe rencontrent dans ce fragment de M. l'Abbé Boſcus.

Paſſons à l'Épître intitulée : *les Avantages de l'Adverſité,* par M. Touloubre. Je ne dirai rien ni des vers, ni du ſtyle,

A iv

ni des penſées : le Lecteur ſaiſira ces
choſes avec aſſez de facilité.

Du dernier des Valois rappelons - nous
 l'hiſtoire :
Ce Prince malheureux, long-tems couvert
 de gloire,
Rempliſſoit l'univers du bruit de ſes exploits;
Les Peuples s'empreſſoient de vivre ſous ſes
 loix.
Ses vœux ſont exaucés : il regne ſur la France;
De ſes Sujets bientôt il trompe l'eſpérance :
Sans ceſſe réclamant ſes premieres vertus,
Ils cherchent le Héros & ne le trouvent plus.
Accablé ſous le poids d'un fardeau qui l'é-
 tonne,
*D'un bras foible & tremblant il ſoutient la Cou-*
 *ronne.*
Victime de la Ligue, il vit peu redouté;
Sous ſes coups aſſaſſins il meurt peu regretté.
Henri ſon ſucceſſeur, au milieu de l'orage,
N'avoit pour tout ſecours que ſon bras, ſon
 courage.
Intrépide Héros & modeſte Vainqueur,
Digne Chef des Bourbons, inſtruit par le mal-
 heur,
Il mérita toujours des hommages ſinceres;
Son regne fut celui du plus tendre des Peres.

Jufques aux derniers tems gravé dans tous les
  cœurs ,
Son nom , cher au François , fera verfer des
  pleurs.

L'Auteur aurait dû favoir qu'un
Prince porte fa Couronne fur la tête
& ne la foutient point avec le bras.
On ne peut dire que d'un Sujet , qu'il
foutient la Couronne de fon Roi ; tel
qu'il eft dit dans l'épitaphe du grand
Turenne :

. . . . . . . .

Afin qu'aux fiecles à venir ,
  On ne fît point de différence
De porter la Couronne ou de la foutenir.

On diftingue auffi à M. Touloubre
une heureufe facilité pour placer des
chevilles : d'ailleurs , il faut que ce foit
un nouveau goût digne de l'immortalité ,
puifque Meffieurs les Académiciens de
Touloufe l'ont couronné.

Je crois que l'on n'imputera point à
une critique jaloufe les petits défauts
que j'ai relevés dans ces deux morceaux :

je conviens, je le répéte encore , que
malgré leurs défectuofités, ils l'emportent de beaucoup fur mon Poëme. Ce
n'eft que la fureur d'écrire & de me faire
imprimer, qui m'engage aujourd'hui à
le publier.

# L'ART
## DE REGNER,
### *POËME.*

L'or reçoit ſa valeur au gré des Sou-
    verains,

Et ſouvent les vertus ſont de même en leurs
    mains.

Mortels, qui ſous vos loix faites trembler la
    terre,

Un mot, un ſeul regard du Maître du ton-
    nerre,

Vous remet au néant, & les Rois ne ſont
    rien.

J'éleve juſqu'à vous la voix d'un Citoyen.

D'entendre des leçons vous rougirez peut-
    être.

Qu'il eſt peu d'être Roi, ſi l'on ne ſait pas
    l'être !

Gouverneurs, que l'État choifit pour
enfeigner, .

A fon Prince au berceau , le grand art de régner ;

Des vertus de fon rang vous devenez comp-
tables ;

Des vices qu'il aura vous ferez refponfables :

C'eft un jeune rofeau ; mais pliez-le en naif-
fant :

Né pour monter au Trône , on n'eft jamais
enfant.

L'Aigle en fon nid encor, d'une fixe paupiere,
Regarde du Soleil la brùlante lumiere.

Un Roi doit préférer la dure vérité
A l'encens, que fouvent il n'a point mérité.

Un tort qu'on fait avoir, fans honte fe déclare ,

Il fe change en vertu dès-lors qu'on le répare.

Qu'il évite avec foin les vils adulateurs,

Leur poifon meurtrier eft caché fous les fleurs :

On le prend , on s'endort dans une douce
ivreffe ,

Et l'on connaît trop tard fa crédule faibleffe.

Le premier des devoirs eft celui d'être hu-
main ,

N'eft-on pas Homme avant que d'être Souverain ?

A ſes Concitoyens on doit ſervir de Pere ;
On doit les ſoulager, partager leur miſere,
Se rendre leur·égal ; & s'ils ſont nés Sujets,
Que ſe ſoit pour ployer ſous le poids des bien-
  faits.
L'homme redoute & fuit une chaîne cruelle,
Si-tôt qu'elle eſt fleurie, il court au-devant
  d'elle.

On ne peut déroger aux anciennes Loix (1) ;
Pour les mieux conſerver on a créé les Rois :
Elles ſont un dépôt de nos libres Ancêtres,
Et, de les abolir, ils ne ſont pas les maîtres.

Avec les Rois voiſins, évitant tous débats,
Qu'on n'engage jamais que de juſtes combats ;
Des jours de ſes Sujets on eſt dépoſitaire,
Pour leurs ſeuls intérêts la guerre eſt néceſſaire.
Que l'on cherche à régner dans une heureuſe
  paix,
Et voilà d'un bon Roi la gloire & les hauts
  faits :

---

(1) Je n'ai point entendu que le Souverain, comme
Légiſlateur, n'eût point le droit de déroger aux Loix
qu'il aurait trouvées établies ; ce droit eſt eſſentiel à
toute Puiſſance légiſlative, & ſouvent même le bien de
la choſe publique exige qu'il uſe de cette autorité. Je
ne parle ici que de ces Loix fondamentales qui font la
conſtitution d'un État, & que le Prince, comme Chef,
a lui-même intérêt de maintenir.

Son Pays, fans partage, à fes foins doit pré-
      tendre,

Le refte eft étranger. L'invincible Alexandre,

En gouvernant fon Peuple, en maintenant les
      Loix,

Eût-il été moins grand qu'en détrônant les
      Rois ?

L A Juftice eft l'appui, le fceau du rang fu-
      prême :

Qu'on la faffe obferver avec un foin extrême ;

Mais que l'humanité faffe entendre fa voix :

En faveur du coupable, interprêter les Loix ;

Eh ! n'eft-il pas déjà trop malheureux de
      l'être ?

Du penchant de fon cœur il fut trop peu le
      maître (1).

------

( 1 ) Il y avait fur les copies envoyées aux Jeux
Floraux : *Du penchant de fon cœur peut-il fe rendre
maître ?* Mais le Cenfeur m'a fait obferver qu'on en
pourrait induire une affertion contraire aux principes
de la faine théologie contre la liberté de l'homme : car
en même tems que l'expérience nous apprend qu'il eft
des hommes fi fortement enclins au mal, que ce n'eft
qu'en faifant les plus grands efforts fur eux-mêmes
qu'ils peuvent réfifter à leur penchant malheureux ; il
n'en eft pas moins de principe que ces hommes-là
même n'aient abfolument la force d'y réfifter, puif-
qu'ils font nés libres.

Se tromper par bonté, plutôt que par rigueur;
Le mal vole, & le bien se fait avec lenteur.
Ne jamais employer ni gêne, ni torture,
Cet usage cruel dégrade la nature;
La vérité n'est point au milieu des tourmens,
Et l'innocent s'accuse en ces affreux momens.
Qu'avec eux, les méchans emportent le re-
  proche,
Que, d'horreur, l'univers recule à leur ap-
  proche,
Ils trouveront sans doute un plus sensible af-
  front
A porter du forfait l'empreinte sur le front.
On en voit tous les jours qui méprisent la vie.
Qui créa les Bourreaux? L'orgueil, la bar-
  barie.
Ne peut-on être grand, sans avoir en ses
  mains
Et la vie & la mort des malheureux hu-
  mains?
Est-ce à nous à traîner nos Freres au sup-
  plice?
Fuyons les Criminels, & que Dieu les pu-
  nisse.


QUAND TITUS autrefois, au milieu des
  Romains
Qui joignaient à son nom les surnoms les plus
  saints,

Marchait vers le Sénat fans fafte & fans allar-
   mes ,

Que fes vertus , les cœurs étaient fes feules
   armes ;

Ce Prince jouiffait du triomphe des Rois,

Et comptait cet amour le premier des exploits.

## F I N.

www.ingramcontent.com/pod-product-compliance
Lightning Source LLC
Chambersburg PA
CBHW061605180626
46818CB00005B/1963